Vente du Lundi 28 Avril 1913

HOTEL DROUOT — SALLE N° 8

N° 60 du Catalogue.

ESTAMPES

DESSINS

Mᵉ PAUL PELLERIN

M. LOYS DELTEIL

FRAZIER-SOYE

GRAVEUR-IMPRIMEUR

153-155-157, Rue Montmartre

PARIS

CATALOGUE

DES

ESTAMPES

ANCIENNES & MODERNES

ET

DESSINS

Dont la vente aura lieu

à Paris, HOTEL DROUOT, Salle N° 8

Le Lundi 28 Avril 1913

à 2 heures précises

Par le Ministère de M° PAUL PELLERIN

COMMISSAIRE-PRISEUR

11, Rue Saint-Lazare

Assisté de M. LOYS DELTEIL, Graveur et Expert

2, Rue des Beaux-Arts

CONDITIONS DE LA VENTE

Elle sera faite au comptant.

Les adjudicataires paieront *dix pour cent* en sus des enchères.

M. Loys Delteil remplira les commissions que voudront bien lui confier les amateurs ne pouvant y assister.

MM. les Amateurs pourront visiter la Collection, 2, *rue des Beaux-Arts*, du Jeudi 24 au Samedi 26 Avril 1913, de 2 heures à 5 heures.

N° 57 du Catalogue

DÉSIGNATION

PREMIÈRE PARTIE

AUDRAN (J.)

1. Secousse (F. R.), d'après H. Rigaud. Très belle épreuve.

BELLA (Stefano della)

2. Figures et Paysages, 58 pièces.

BONNET — CHEREAU — LARMESSIN

3. Louis XV — Stanislas, de Pologne — Detlev à Dehn. Trois pièces. Bonnes épreuves.

BOUCHER (d'après F.)

4. Les Petits Vendangeurs, arabesque, par Duflos. Belle épreuve.

5. Arabesques — Veue de Vincennes — Seconde Vue de Beauvais, etc., 5 pl. Belles épreuves.

BOULANGER (Louis)

6. Les Fantômes, épr. sur chine avec dédicace : *A mon bien cher Hugo, Louis B.* Sous-verre

CALLOT (par et d'après J.)

7. Sujets divers, 145 pièces.

DIVERS

8. Fleurs, 22 pl., par Ruotte, Legrand, Pillement, etc. — Ornements, par Villemain et Ranson, 15 pl. Ensemble 37 pl. Très belles épreuves.

9. Vues, allégories, batailles, pièces historiques. 45 pl. anciennes et modernes. Belles épreuves.

10. Sujets divers, Allégories, Paysages, 48 pl., par ou d'après Boissieu, Durer, della Bella, Coypel, etc.

11. Sujets religieux, 80 pl., par divers artistes. Belles épreuves.

ECOLES FLAMANDE ET HOLLANDAISE

12. Sujets divers, Animaux et Paysages, 30 pl., par ou d'après Berghem, Téniers, Both, Ostade, etc.

ÉCOLES FRANÇAISE ET ANGLAISE

13. Route de Poissy, par Debucourt, d'apr. C. Vernet (restaurée).

14. *The Little Plunderer*, par Legrand — Repos de Chasse, par François — Le Traineau, par Debucourt — Le Chasseur au renard, par Levachez, d'après C. Vernet. Quatre pièces (une tirée en sanguine).

15. Sujets divers, 20 pl., d'après Natoire, Coypel, etc.

16. Sujets divers, 20 pl., d'après Watteau, J. Vernet, Loutherbourg, etc.

GELLÉE (Claude)

17. Le Dessinateur (9). Très belle épreuve du 3ᵉ état (sur 4).

GELLÉE — CALLOT

18. Le Naufrage — Berger et Bergère conversant — Allégorie. 3 pl.

HOIN FILS

19. Hoin (J. J. L.), 1786. Très belle épreuve.

LA JOUE (d'après J.)

20. L'Optique — L'Histoire. Deux pl., par C. N. Cochin. Très belles épreuves.

LARMESSIN (N. de)

21. Portraits. 13 planches. Belles épreuves.

LE PAUTRE (J.)

22. Cheminées, lambris, décorations intérieures d'appartements, fontaines, etc. 140 pièces.

LE PRINCE (J. B.)

23. Le Cabaret, par Gaillard. Très belle épreuve.

LITHOGRAPHIES

24. Sujets divers, têtes de fantaisie, caricatures. 21 pl. par Boilly, Daumier, Deveria, Grevedon, etc.

MELLAN (Claude)

25. Sujets religieux, portraits, etc. Seize planches. Belles épreuves.

ORNEMENTS

26. Ornements divers. 27 pl., de Mondon (J. G. Merz exc.), Meissonnier, Babel, etc. Belles épreuves.

PERELLE (Adam)

27. Vues de Paris et des Environs — Vues d'Italie, 110 pièces. Belles épreuves.

PILLEMENT — CHEDEL — PERIGNON

28. Paysages. 58 pièces.

PIRANESI (J. B.)

29. Vues de Rome, temples romains, etc. 19 pl. Belles épreuves.

PORTRAITS

30. Boudan (Alex.), par Sarrabat — Mis de Pombal, grand in-fol. Deux pièces (la seconde restaurée).

31. Gassot (Robert) — Pernot (Andoche) — Coffin
(C.) — Joly de Fleury (G. F.). Quatre pièces, par
Chereau, Daullé et Gaillard. Belles épreuves.

32. Le Lorrain (R.) — Berain (J.) — Vien (J. M.) —
Coustou (N.). 4 pl., par J. N. Tardieu, Cl. Duflos,
Miger et Dupuis. Belles épreuves.

33. Borcht (N. vander) — Paul Petrowitz — Grétry —
Le Masle, etc. 10 pl., par Vermeulen, Nanteuil,
Cathelin, S¹ Aubin, etc. Belles épreuves.

34. La Mothe Le Vayer — de Troy — N. Fouquet —
Louis XVI — Marie-Antoinette, etc. 15 pl., par
Nanteuil, Mellan, S¹ Aubin, Choffard, etc.

35. Hommes de guerre, 19 pl. anciennes et modernes.
Belles épreuves.

36. Artistes, 23 pl. anciennes et modernes. Belles
épreuves.

37. Ecrivains, 27 pl. anciennes et modernes. Belles
épreuves.

38. Famille de Lorraine — Portraits de femmes, sou-
veraines, etc. 26 planches anciennes et modernes.

39. Hommes d'État — Papes. 26 pl. anciennes et modernes. Belles épreuves.

40. Portraits divers, la plupart du XVII⁰ siècle. 30 planches.

41. Famille royale de France ; portraits divers. 40 lithographies.

42. Portraits français et étrangers. 45 planches anciennes et modernes.

43. Portraits divers. 60 planches.

44. Portraits divers. 80 planches.

45. Souverains étrangers. 80 portraits.

46. Portraits anciens et modernes, 110 planches.

47. Portraits étrangers (une grande partie des Pays-
Bas). Environ 160 planches.

RIBERA — S. ROSA — TIEPOLO

48. St Jérôme — Œdipe — Régulus. Sujets divers. Six
pièces. Belles épreuves.

SUISSE

49. Vüe des Vallées et Montagnes de Gessenay, de
Lauwenen et de G'Steig, par N. Sprunglin. Très
belle épreuve, *coloriée*.

VIGNETTES

50. Vignettes pour le théâtre de Voltaire. 70 pl. d'a-
près Eisen et Gravelot. Belles épreuves.

51. Vignettes diverses pour les œuvres de La Fontaine,
d'après Eisen, Loutherbourg et autres artistes.
Environ 160 pl. anciennes et modernes.

52. Vignettes pour les œuvres de Voltaire, d'après
Moreau le Jeune. Environ 190 pl. de tirages
divers.

53. Vignettes anciennes et modernes, par Marillier,
Moreau, Le Barbier, Desenne, etc. Vignettes
pour le théâtre de Racine. Environ 350 planches.

WATTEAU (Antoine)

54. La Troupe Italienne (E. de G. 1). Belle épreuve
avec l'adresse de Sirois.

WILLE (I. G.)

55. Maurice de Saxe — Elisabeth de Gouy. Deux
pièces, d'après H. Rigaud. Belles épreuves.

56. Sous ce n°, il sera vendu par lots environ 2.000 pl.
anciennes et modernes. Sujets divers, paysages,
etc.

DESSINS

DECAMPS (A. G.)

57. Les Suppliciés. Crayon noir. Signé des initiales. Sous verre.

DELACROIX (Eugène)

58. Figures et meubles gothiques. Trois feuilles. A la plume, avec rehauts. Timbre de la vente.

59. Un Marocain. A la mine de plomb.

NORBLIN (J. P.)

60. Le Guignol du Louvre. Aquarelle, dédicace du petit-fils de l'auteur. Encadrée.

61. Les Baigneuses. Peinture.

DIVERS

62. Lot de 12 dessins anciens et modernes.

DEUXIEME PARTIE

AFFICHES

63. Huit affiches relatives au Siège de Paris (1870).

BELLA (S. della)

64. La Perspective du Pont-Neuf de Paris. Tirage postérieur. Encadrée.

BIGG (d'après)

65. *A Lady and her Children releiving a Poor Cottager*, par J. R. Smith, 1784. Epreuve sans marge sur 3 côtés (doublée, cassures).

BLANCHARD (J.)

66. Fleurs et fruits, 60 dessins aquarellés, motifs décoratifs.

BOIS ANCIENS

67. Un Tournoi. Belle épreuve.

CANALETTO (Ant.)

68. La Maison à l'inscription et la Maison au péristyle à 6 colonnes (12-13). Bonne épreuve, doublée.

CHARLET (N. T.) — DELACROIX (Eug.)

69. Sujets divers. Quinze pièces.

CHERET (J.)

70. Couvertures de livres, programmes, etc. Environ
200 pièces.

N° 71 du Catalogue.

CIPRIANI (d'apr. G. B.)

71. *A Sacrifice to Cupid — The Triumph of Beauty
and Love.* Deux pl., par F. Bartolozzi, se faisant
pendants. Belles épreuves, *tirées en sanguine*
(doublées).

COSTUMES

72. *Ausrufende Personen in Nürnberg*, suite de
8 pl. *(coloriées)*, par A. Gabler, 1805, avec texte
explicatif en 1 fascicule in-8 broch.

73. Costumes Militaires Français (XIXᵉ siècle). 5 dessins et 4 lithographies, soit neuf pièces *coloriées*,

74. Sous le Gouvernement provisoire (1848), 7 pl., par E. Charpentier, d'apr. Foussereau, *coloriées*.

DALEN (C. van)

75. Bocace (J.) — L'Arétin. Deux pièces. Belles épreuves (sans marge sur 3 côtés).

DAUMIER (H.)

76. Caricatures politiques, charges, scènes de mœurs, 7 pl.

77. Caricatures diverses, la plupart extraites du *Charivari*, 22 pl. (18 par Daumier).

DÉ (Maître au) — BONASONE (J.)

78. Apollon et Marsyas, d'apr. Raphaël — Cybèle — Le Lever du Soleil Trois pièces. Belles épreuves.

DELATRE — VILLON — ATCHÉ

79. La Nuit au village — La Cigarette — Têtes de Femmes. Quatre pièces (2 *imp. en couleurs, signées*).

DELACROIX (Eug.)

80. Lionne déchirant la poitrine d'un Arabe — Lion dévorant un cheval — Chef maure à Meknez — Tigre couché dans le désert, etc., 6 pl. Bonnes épreuves.

DELFF (G. J.)

81. Wolfgang Guillaume, Cᵗᵉ palatin du Rhin — Buckingham (G. Villiers, duc de). Deux pl., d'apr. Mirevelt.

DETAILLE (Ed.)

82. L'Abreuvoir, par L. Salles. Très belle épreuve, *avec remarque, signée* des artistes. Encadrée.

DEVAMBEZ (A.)

83. Au Théâtre — Kermesse — Le Retour du Guet — La Charge, etc. Sept pièces (3 *signées*).

DIVERS

84. Histoire naturelle, environ 500 planches.

85. Sujets divers et Paysages, 10 DESSINS.

86. Sujets divers. Paysages, 8 DESSINS.

87. Mort du Capitaine Cook, par Hall et Thornthwaite — Sir Th. Wilson, par Ward, etc., 6 pl.

88. Programmes, invitations, réduction d'affiches, environ 300 pièces.

89. Sujets divers, Paysages, Portraits, etc., environ 1.000 pl. de l'école italienne plus particulièrement.

90. Guerre de l'Indépendance de l'Amérique, 9 pl., par Godefroy et Ponce — Portraits de La Fontaine, Corneille, etc. — Cuirassier, par Malœuvre — Vie de Château, pl. 6, par Lami — Cérémonie de Remise de Marie-Louise à Braussau, etc. Ensemble 20 pl.

91. Caricatures, copies de Jaime — Acteurs et actrices, par Granville — Catherine Vassent, par Briceau — Sujets gracieux, d'apr. A. Kauffmann — Portraits, par Grevedon, etc., 107 pl. (feuillets de papier ancien, ajoutés).

92. Divan Japonais, affiche de Lautrec — Salon des Cent, affiche de Cazals — Abbaye Albert, par G. Redon — Un Orage, par R. Lemoine — Acteurs et actrices, soit 8 pièces.

93. Le Sergent rapporteur, par Meissonnier — La
Fable et la Vérité, par Buisson — Les Folles,
dessin encadré. Trois pièces.

DREVET (les)

94. Rigaud (H.), d'apr. lui-même (112). Belle épreuve.

95. Beauvau (R. F. de), d'après H. Rigaud. Belle
épreuve, remmargée. Encadrée.

96. Gillet (P.), d'apr. Rigaud (68) — Steiger (Cl.), d'apr.
Huber (13). Deux pièces. Belles épreuves.

DURER (Alb.)

97. Jésus-Christ en prières au jardin des Olives (19).
Belle épreuve.

98. La Dame à cheval (82). Bonne épreuve.

ÉCOLES ANCIENNES

99. Mars, Vénus et l'Amour, par M. A. Raimondi —
La Foire de l'Impruneta, par Savry, d'apr. Callot
— La Nativité, d'apr. M. Ange. Trois pièces.

ECOLES FRANÇAISE ET ANGLAISE

100. Jeune Fille à l'oiseau. Très belle épreuve, *avant
toute lettre*. Encadrée.

101. Sujets divers, 18 pl., d'après Lancret, Vanloo,
Vien, D. Bertaux, etc.

102. Pastorale, par Demarteau, d'après Boucher (sans
marge) — L'Amour se rit de la Sagesse, par Bos-
selman. Deux pièces.

EDELINCK (G.)

103. Le Brun (Ch.), d'après Largillierre (238). Belle
épreuve.

N° 97 du Catalogue.

104. Leonard (F.), d'après H. Rigaud (242). Très belle
épreuve (doublée).

FANTIN-LATOUR (H.)

105. A Victor Hugo.— Planches pour le Wagner et le
Berlioz, de Jullien, etc. 20 pl.

FLAMENG (L.)

106. La Vierge aux Anges, d'après Dagnan-Bouveret. Très belle épreuve avec *remarque, signée* des artistes. Encadrée.

GAILLARD (C. F.)

107. Le Crépuscule. Très belle épreuve *avec* le nom à la pointe, sur chine — Pie IX. Deux pièces.

GOLTZIUS (H.) — CALLOT (J.)

108. Porte-Drapeau, 1583 — Grandes Misères de la Guerre (tirage moderne). Ensemble 17 pl.

GOYA (F.)

109. Caprices, n°s 49, 56, 65 et 74. Quatre pièces. Très belles épreuves. Collection Burty.

HAAS (J. G.)

110. *L'Intérieur d'une fonderie de fer commes ils sont en Norwège,* d'après Lorentzen. Très belle épreuve, *imp. en couleurs.* Rare.

HUET (d'après J. B.)

111. Bacchantes, par Bonnet. Bonne épreuve, *imp. en couleurs* (sans marge, petites épidermures restaurées).

HUET (Paul)

112. Entrée de forêt (28). Très belle et rare épreuve du 2ᵉ état (sur 3).

113. Chaumière normande, près d'Arques (29). Très belle et rare épreuve du 2ᵉ état (sur 3).

JEAURAT (d'après)

114. La Vieillesse, par Lépicié. Sous-verre.

LEPÈRE (Aug.)

115. Sortie du Châtelet — Les Pêcheurs — Le Clovis
Rue du Pot au lait, etc., 8 pl.

LEYDE (L. de)

117. Portrait d'un jeune Homme (174). Belle épreuve.

MASSON (Antoine)

118. Turgot de S' Clair (A.) (66). Belle épreuve.

MULLER (E.)   CHABAL-DUSSURGEY

119. Flore pittoresque, 25 pl. in-fol. — Fleurs, 23 pl.,
soit ensemble 48 pièces.

NANTEUIL (R.)

120. Bouillon (F. M. de la Tour d'Auvergne, duc de)
(49). Belle épreuve.
121. Le Teillier (C. M.) (142). Bonne épreuve (doublée).

OPTIQUE (Vues d')

122. Vues — Scènes historiques — Batailles (Landshut,
Essling, Austerlitz, Ratisbonne, etc.), 39 pl.,
coloriées (plusieurs rares).

OUDRY (J. B.)

123. Fables de La Fontaine, 34 pl. (mouillures).

PARIS

124. Vues de Paris, 120 pl. (y compris 17 vues d'optique).

PÉQUÉGNOT

125. *Grands ornements et figures décoratives d'après les maîtres*, frontispices et 17 pl. en 1 alb. in-fol. cart.

PONTIUS (Paul)

126. Roeland (J.) — Vorst (Ad.), d'après G. Pétri. Deux pièces. Très belles épreuves, la 1er *avant toute lettre*.

PORTRAITS

127. Martin Tromp, par J. François — Usher, par G. Vertue — César Baron, par Villamena — Sir Francis Buller, par Bartolozzi — Anonyme, par C. Turner — Napoléon Ier, par Longhi — Léon XIII, par Morse. Sept pièces.

128. Louis XIV — Louis XI — Colbert — Montpensier (Mlle de). Six pl., par Nanteuil, Morin, Schuppen, Gole et Thourneyser.

129. Le Sueur (Eust.) — Allegrain (C. A.) — Necker (J. S.) — M^{al} Lefevr — Barbanègre — Jeaurat (Et.). Six pièces, par Cochin, S' Aubin, Charon, Lempereur. Belles épreuves.

130. Portraits, la plupart anciens, 80 pl.

131. Portraits divers, 24 pl.

RAFFAELLI — WILLETTE — GRASSET, etc.

132. L'Estampe murale, 7 pl. gr. in-fol., par Raffaelli, Willette, Lunois, Merson, Grasset, Rochegrosse et Duez.

READ (d'après Ch.)

133. Miss Beatson, par R. Houston, 1770. Très belle
épreuve. Encadrée.

N° 136 du Catalogue.

RECUEILS

134. *Le Paysagiste aux Champs*, par Frédéric Henriet,
12 eaux-fortes de Corot, Daubigny, etc. Paris,
Faure, 1866 (1ʳᵉ édition). 1 vol. in-8, broch.

135. *Les Maîtres anciens et contemporains.* Paris,
Goupil, s. d., 17 pl., par Chauvel, Legros, Cour-
try, dans un cart. (dédicace à Jacquemart, par
Ed. Lièvre).

REMBRANDT VAN RIJN

136. Descente de Croix, dite au Flambeau (83). Belle
épreuve sur chine (petite cassure).

137. Fuite en Egypte (53). Très belle épreuve.

REVOLUTION

138. Scènes relatives à la Révolution et au 1ᵉʳ Empire
38 pl. (plusieurs rares).

REYNOLD (d'après Sir J.)

139. Lady Pelham Clinton, par P. Lucas. Cuivre et
sept très belles épreuves, *avant la lettre, avec
remarque,* sur parchemin, *signées.*

140. La même estampe, en même état, 7 épreuves sur
japon.

141. Sujet gracieux, par R. S. Clousten. Epreuve
doublée.

RIVIERE (Henri)

142. Paris vu de Montmartre — Paysages décoratifs.
Trois grandes pièces en couleurs, encadrées.

SCHUPPEN (P. van)

143. Monchy (P. de), d'après Quesnel — Bouillaud (I.),
d'après J. van Schuppen. Deux pièces. Belles
épreuves.

SCHWARTZ

144. Vue de Constantinople, d'après Cassas. Belle
épreuve, *coloriée* et *gouachée.*

SEA.

145. ALBUMS : Les Acacias, 6 pl. — Le Turf, 29 pl. (y
compris des doubles) — Monte-Carlo, 53 pl. —
Maxim's, 26 pl. — Albums divers. Ensemble
9 albums contenant 230 pl.

SPORTS

146. Country — Town — Les Automobiles — Gone
Away — A Check. 6 grandes pl. de Thakeray,
Névil et Cecil Aldin.

147. La Contravention — Course d'automobiles —
Grandeur — Décadence — Procès-verbal — La
Rencontre — L'Automobile remorquée, 7 grandes
pl. de Fernel, Redon, etc.

148. The Meet at the Black Swan — The Interrupted
Hunt — The Race from the Links — The Lunch-
eon — En Panne — La Vache curieuse — Descente dangereuse, 7 grandes planches de S. Tra-
vis, L. Faure et Singil's.

STOTHARD (d'après Th.)

149. (L'Heureuse Famille), par C. Knight. Belle épreuve
(filet de marge). Encadrée.

TIEPOLO (J. B.)

150. Caprices. Cinq pièces. Belles épreuves.

TISSOT (J.)

151. Trafalgar Tavern, Greenwich (28). Trente belles
épreuves.

152. Sur l'Herbe (41). Vingt-cinq très belles épreuves.

VERMEULEN (C.)

153. Revel (C. A. de Broglie, Cte de), d'après H. Rigaud. Belle épreuve (petits trous).

VISSCHER (Corneille)

154. Scriverius (P.) (42) — Coppenol, sans marge (13). Deux pl.

WALTNER — HEDOUIN — BUHOT

155. Mrs Fitzherbert, *av^t l. l.* — Portrait de Mme **X.**, d'après Chaplin — Une Matinée d'Hiver au quai de l'Hotel-Dieu. Trois pièces. Belles épreuves.

WARD (d'après)

156. Louisa, par Ad. Lalauze. Cuivre et vingt-deux épreuves, *avant la lettre, avec remarque* (20 sur parchemin, 2 sur japon). Très belles épreuves.

WATELET (C. H.)

157. La Nourrice, d'après Greuze — La Liseuse — Sujets divers. 9 pl. Belles épreuves.

WEIROTTER (F. E.)

158. Fontaine près de Meulan — Vue de Vernonnet — Les Saisons. Six pièces. Très belles épreuves.

159. Vues et Paysages. Soixante-deux pl. Très belles épreuves.

WILLETTE (Ad).

160. Menus, programmes, couvertures de livres, illustrations, cartes, etc., environ 250 pièces.

161. Sous ce numéro, il sera vendu quelques gravures et dessins.

162. 1 lot de photographies.

163. Sous ce n°, il sera vendu par lots, environ 1500 planches, anciennes et modernes, portraits, vues et paysages, scènes d'histoire, etc.

164. Sous ce n°, il sera vendu par lots, environ 600 dessins anciens et modernes.

165. Sous ce n°, il sera vendu diverses pièces, documents, etc.

166. Les pièces omises au catalogue.

FRAZIER-SOYE

GRAVEUR-IMPRIMEUR

153-155-157, Rue Montmartre

PARIS